Le Gourou aux yeux jaunes

Mohamed
BACHKAT

Édition : BoD · Books on Demand,
31 avenue Saint-Rémy, 57600 Forbach, bod@bod.fr
Impression : Libri Plureos GmbH, Friedensallee 273,
22763 Hamburg (Allemagne)
ISBN : 978-2-8106-2997-8
Dépôt légal : Mars 2025

Le ballon dans le désert

Dans le désert, un petit village, sur la route des caravanes, vivait sa vie paisiblement. Les chameaux et dromadaires accroupis se devinaient sous la tempête de sable. Encore un jour où les villageois devaient rester à la maison à l'abri. Certains s'aventuraient à traverser l'oasis par impératif ou par amusement, en risquant au pire d'être pris par les cyclones de sable, au mieux de rentrer au domicile avec les chaussures et les chèches pleins de poussières, pris à partie par la maîtresse de maison. Ces événements climatiques rompaient la monotonie des lieux avec aussi l'arrivée et le départ des caravaniers. Ils transportaient dans leurs gouffas des marchandises à bas prix qu'ils vendaient dans les villages, sur la route des sables. A Kibissa ils vendaient des parfums au musk, des habits pour les grands et les enfants et des objets très utiles pour la vie dans ce milieu aride. Ses habitants n'avaient pas choisi de vivre ici mais ils y étaient nés. La plupart se demandaient comment leurs ancêtres étaient arrivés là. D'où venaient-ils au commencement, pourquoi venir ici ? Étaient-ils chassés par des tyrans, était-ce un ancien repaire de mercenaires ? Nul ne savait malgré les histoires authentiques ou non qu'on se racontait de génération en génération. Les seuls étrangers qui venaient dans ce village étaient les nomades. Ils venaient se ravitailler dans l'oasis et vendre quelques objets utiles et inutiles à la fois. Car qui pourrait dire la nécessité d'avoir des chaussures dans le désert, plutôt que des sandales ? C'était l'école qui le rendait indispensable comme les cahiers et livres d'enseignement. Il fallait bien s'habiller sur la route de l'école et devant la maîtresse. Surtout que l'établissement était aux abords du village sous les palmiers vers le Nord. Les maisons étaient aux centres et la mosquée à l'Est. Les magasins étaient rares. Ils se comptaient sur les doigts de la main.

Cependant il y avait un nouveau commerçant, le quincailler. Il était là depuis 6 mois et il n'était pas vu d'un très bon œil par les oasiens. Il vendait toutes sortes de choses et ne faisait pas tellement concurrence aux caravaniers car c'étaient eux qui l'approvisionnaient. Il voulait se fournir avec ses frères pour un commerce familial mais pour le début il devait d'abord passer par cette chaîne. Il vendait des cadenas, des clous, des planches. Et récemment il reçut un lot de ballons en plastique qu'il mettait dans un filet, accroché à un angle à l'entrée du magasin.

Un jour le petit Sofiane passa devant la boutique et vu les ballons rouges, bleus et jaunes. En rentrant chez lui il en parla à son père pour qui lui achète un ballon. Le père s'y refusa. La mère lui donna en cachette les quelques dirhams pour son ballon. Il partit au magasin acheter le ballon, tout content. Il le prit rouge, sa couleur préférée. Depuis il ne lâchait plus le ballon même pour aller à l'école. En classe il le laissait au coin et quand la sonnerie retentissait il le prenait pour jouer à la cour de récréation avec ses camarades de classe. Bilal le gros était le gardien et lui bien sûr était avant-centre. Sur un petit terrain ça représentait aussi le milieu.

Un jeudi soir après le Maghreb le petit Sofiane joua au ballon dans la cour face au désert. Le ballon fut pris par un méchant courant d'air et il le suivit, le pauvre, inquiet de perdre son ballon dans les dunes lointaines. Miskin, il courut, courut presque à le rattraper mais le ballon roulait, roulait, s'envolait retombait, roulait, roulait, à nouveau en accélérant. Il le suivit derrière les monticules de sable et entendait les cris de sa mère qui l'appelait. Elle était effrayée. Elle ne le voyait plus et il n'y avait personne à la maison pour le chercher. Ses grands frères étaient partis chercher des Zlabias au centre. Elle hésita puis courut vers les dunes. Mais elle le perdit de vu, il était perdu.

Que c'était-il passé réellement, pourquoi cet événement était-il arrivé ? Quelle signification lui donner ?

Pourquoi une quincaillerie dans le désert. Pourquoi cet étranger était venu dans l'oasis ? Avait-il forcé le destin de cet enfant perdu dans le Sahara ?

Le désert ne l'est pas. Des gazelles du Sahara couraient à travers les dunes. En montée, elles avaient du mal mais s'amusaient. En descente c'était plus facile mais elles s'amusaient aussi. Par 2 par 3 elles zigzaguaient entre les monticules aussi, observées par le petit fennec, le prince des lieux. Jamais la couleur du sable n'avait épousé le bleu azur du ciel et le jaune vif du soleil pour former un aussi beau décor. Les traces des courses de ces animaux élancés s'effaçaient derrière eux sous le vent en raz mot. La nature redoute que ses petits soient chassés par de redoutables prédateurs de ce milieu aride mais accueillant. Le paysage était paisible et imperturbable.

Une silhouette au loin semblait troubler ce calme univers. Elle se rapprochait lentement avec beaucoup de mal. On reconnaissait un homme qui traînait des pieds, fatigué sûrement par une longue marche dans cet océan de poussières jaunes. Était-ce un nomade perdu, un voyageur fou. Non c'était juste un villageois avec un objet sous le coude. Un ballon ? C'est effectivement un ballon, un ballon rouge. En effet C'était Sofiane. Il avait suivi son ballon dans l'oasis aux abords du désert. Malgré les cris de sa mère il pénétrait les vents et se perdit dans les Dunes. Il se trouva là à marcher en espérant retrouver le village. Mais il s'en éloignait. Plus il pensait l'atteindre plus il s'en éloignait. Plus il marchait plus il s'en éloignait. Il finit par s'écrouler les lèvres gercées, la gorge sèche et les habits plein de poussière. Combien de temps avait-il passé dans cette entendu, perdu ? 6 heures ? 8 heures ? 12 heures ? Combien de temps allait-il rester allongé avant que quelqu'un le sauve ? Autant de temps ? Des jours ?

Impossible ! les histoires dans le désert sont courtes et ceux qui racontent des récits plus longs que 3 jours sont des menteurs, des fabulateurs.

Une caravane passa et des Touaregs récupérèrent l'enfant à bout. Son aventure était finie et il retrouva sa famille et son village.

Sa mère avait dit plus jamais ça et décida avec son mari de partir plus au nord loin du Sahara. Ils habitaient une petite ville où Sofiane et ses frères grandiraient loin du tumulte de leur ancienne vie.

Leur migration ne s'arrêtait pas, ils s'installèrent au nouveau monde pour donner une meilleure vie à leurs enfants devenus grands.

Les commandes de logiciels

Le petit Sofiane a bien grandi. Il vit désormais à New York et il vend des programmes informatiques, sous le manteau, à des hommes d'affaire pirates, à des chefs d'entreprises avides de pognon, comme si leurs affaires ne leur rapportaient pas assez, comme si le business était compliqué et qu'il était plus simple de faire du fric avec des robots traders pour péter la bourse en dormant. Le payent ils, payeront-ils un jour ? Leurs méfaits c'est sûr et de toute façon C'est Dieu qui donne. Tous les moyens sont bons pour que le rétributeur te rétribue pour tes contributions. Déjà l'ancien président lui avait demandé ce qu'il voulait. Il lui avait répondu, rien car rien c'est tout. Le chef de l'état à la retraite avait ri avec tous ses gardes du corps et puis plus rien. Plus rien dans son cerveau comme il lui arrive souvent de perdre la conscience ou du moins la mémoire instantanée.

Les clans

La ville de New York était futuriste et débordée sur le New Jersey. Des motos dans toutes les rues, avaient remplacé les taxis jaunes. Les clans proliféraient sur les avenues avec leurs engins trépident, grondant dans un vacarme assourdissant. Le clan le plus connu était les Écureuils Assassins. Sofiane les croisa un jour, en traversant la rue, proche de la place, en manquant de se faire écraser. Il avait vu parmi eux, des gars avec des vestes noires avec des reflets marrons. Ils avaient leur propre monnaie qu'ils appelaient des noisettes. Au moment où Je vous parle le cours de la noisette était de 1 pour 6,5 dollars. D'autres groupes avaient eux aussi leurs pièces et billets en pépites de chocolat par exemple pour les Blacks Fresh Renégats. Un beau matin il vit un de ses membres posé sur un genoux en train de faire ses scratches. Il devinait des chaussettes vertes. La pépite se vendait à prix d'or et elle s'était perdue pour être remplacé par la noisette justement. Il y avait aussi la cacahuète et certains parlaient en cheeseburgers.

Sofiane lui voulait des bitcoins. Et il en avait besoin pour acheter ses Zlabias au marché des Bédouins dans le Bronx.

A défaut de vivre de sa passion, il vivait de sa pension, versée tous les 5 du mois car il avait un bras bionique qui suppléait le vrai, perdu dans une embrouille avec les Chattes en furies du Seizième. Elles avaient hérité de la doctrine des LGBT de l'époque. C'était tout ce qu'il restait du mouvement. Des femmes des lels hystériques mais sociales qui occupaient des postes importants dans l'administration et dans les clans. Elles étaient embauchées par ceux-ci comme tueuses. Elles ne craignaient pas de tuer des enfants ou de prendre en otage des vieillards.

Un Écureuil constata que sa moto perdait de la puissance. Il l'amena chez le garagiste constructeur. Le mécanicien lui dit de la laisser pour la matinée et lui ajouta qu'il allait la regarder. Il dit Ok et parti, à côté, à l'appartement d'une amie. Elle le recevait dans un appartement cosy. Il enleva ses chaussures à l'entrée et s'installa sur un canapé douillet. Il but le thé avec la jeune demoiselle et lança les discussions sur sa moto. Il parlait de son carburant, de sa fourche de son moteur. Elle était saoulée et acquiesçait à chaque parole. Il finit par remarquer qu'elle était désabusée et changea de discussion. Il lui parla cette fois-ci d'un sujet délicat : la fin des clans. Il lui affirma qu'il avait parlé à un Bouc Blanc et que cet adepte lui annonça la fin des temps par la fin des clans. Il rentra dans les détails et elle était subjuguée. La discussion fut interrompue par l'appel du garagiste, mais l'essentiel était dit. Il repartit avec salutations et récupéra son engin réparé.

Les Écureuils Assassins vivaient sur leur moto. Ils y mangeaient dessus. Leur maman leur préparait des tupperware avec des lasagnes, du riz basmati au curry accompagné de délicieux morceaux d'escalope de poulet, sur son lit de sauce aux épices. Ils s'embrassaient et se frottaient, aussi, sur leurs farouches bécanes, les pantalons en cuir, entre couple. Ils y commençaient leurs préliminaires et finissaient à l'hôtel de la place. Tous les dimanches ils lustraient leur calandre et les pièces chromées. Ils voyageaient avec, dans tout le continent pour revenir dans le leur repaire à New York. Leur engin était tout pour eux. Alors que les Blacks Fresh Renégats les utilisaient juste pour aller d'un point A à un point B.

Le clan des Écureuils Assassins et celui des Blacks Fresh Renégats se déplaçaient en moto. Ils vadrouillaient généralement en bande et il était rare qu'un des leurs se retrouve tout seul. Cette fois-ci c'était le cas pour chaque clan, un membre de chaque. Ils se retrouvèrent roues contre roues à un feu sur une avenue qui était à la frontière des 2 secteurs. Ils se dévisagèrent entre eux, au feu, et l'un scrutaient l'engin de l'autre et vis-et-versa. Les motos brondissaient et une course se préparait. Dès que le sémaphore passa au vert, ils bondissaient. Ils partaient en ligne droite puis slalomaient entre les voitures. C'était un spectacle à couper le souffle. C'était vertigineux. L'un manquait de renverser une petite fille au passage clouté et l'autre était à deux doigts d'être pris entre 2 voitures qui se rapprochaient entre elles, dangereusement. La poursuite était endiablée jusqu'à un feu qui passa à l'orange. Le Black fresh s'arrêta juste attend en dérapant sur le côté et l'écureuil grilla le feu. Ce dernier fut interpellé par la police, sans course poursuite avec les agents. Et le membre de l'autre clan passa devant lui doucement en souriant et en le narguant. Les esprits commencèrent à s'échauffer quand la nouvelle fit le tour des groupes après une longue période d'accalmie. Les clans étaient à cran.

Les sectes

Il n'y avait pas que des clans entre la troisième et la quinzième. Les sectes étaient présentes avec les Barbichettes Rousses et les Boucs Blancs. Leur devise commune était le dinar. Les Boucs Blancs étaient plus sages et les Barbichettes plus virulents mais pour les deux leurs femmes étaient farouches.

Sofiane n'allait pas à la mosquée pour éviter les adeptes des sectes. Son ami Karim oui. Il voulait rentrer dans un des 2 groupes mais il était imberbe ou pour d'autres raisons.

La place des devises

Tout ce milieu se respectait et chacun avait son secteur. Entre la 3ieme avenue et la 7ieme c'était pour les Ecureuils, le Nord Est pour les Blacks Fresh, et le reste de la métropole était partagé par les autres clans et sectes.

Mais la place principale était la place des devises. A tour de rôle les représentants de chaque clan et secte la tenaient. Elle était centrale pour tous les échanges et pour les trafics. Mais elle était aussi celle de toutes les convoitises et toutes les embrouilles entre les groupes De New York, clans et sectes. Karim, l'ami de Sofiane, en plus de rêver de devenir un Bouc Blanc ou une Barbichette Rousse, souhaitait être un de leurs représentants sur la place. Mais son ambition était trop grande et il ne pouvait en être à la hauteur, vu qu'il était Karim le simple taxidriver. Il était l'un des derniers, considérant la présence imposante des motards. The Last but not the least. Pour ses courses, il acceptait toutes les devises, les cacahuètes, les noisettes, les pépites. Et justement il allait sur le square pour tout rafler en bitcoins. C'était un as du volant, un conducteur hors pair. Mais sa licence ne lui permettait pas de sortir de New-York city. Tout juste s'il pouvait aller au New Jersey. Il n'avait pas non plus les autorisations pour les aéroports et les hôpitaux. C'était vraiment maigre comme gagne-pain.

Les clients et amis

Laurent lui avait une entreprise de camions, des semis et des 3 tonnes 5. Il était un des clients de Sofiane justement pour le tradebot le robot qui joue en bourse. Boolinger était implémenté dans le logiciel mais l'IA était insuffisante pour les modèles de prédiction. Et ne parlons pas des séries temporelles.

Damien, autre client de Sofiane, vivait au New Jersey. Celui-ci fournissait celui-là un tchat chiffré pour les communications privées de ces contacts aux ministères et au parlement. L'enfant du Sahara ne savait pas si tout ce petit beau monde étaient des escrocs ou des gens de paroles. En tous cas ils manquaient souvent les rendez-vous, ne signaient rien, et demandaient beaucoup de services et de fonctionnalités dans les outils qu'ils commandaient. Le plus pieux était Marouan. Il avait initié Sofiane à la religion. Il faisait partie de la secte des Boucs Blancs. Il était très gentil et guidait Sofiane quand il était perdu dans son din ou dans son activité numérique. Il y avait aussi Malik le biologiste. Il avait étudié avec l'enfant du désert au lycée dans la filière scientifique. Il était doué, il était doué. Il était simple mais sa vie était compliquée.

Sofiane, Malik, et Marouan se voyaient au café des Andalous dans le sixième bloc de la troisième rue. Les 2 premiers se voyaient le matin et le troisième les rejoignait l'après-midi. Ils y buvaient le thé ou la noisette. C'était l'heure des rappels sur leurs croyances et parlaient de science.

Entre le bar des Andalous et la Halle

Le bar s'appelait l'Andalous car son propriétaire était originaire de cette vaste région qui comprenait l'Hispanie, et le grand Maghreb avec le Sahara du village de Sofiane. Les rois catholiques d'Espagne avaient conquis les terres de Numidie, de Mauritanie et de Libye juste après avoir repoussé les arabo-berbères de leur pays longtemps occupé.

Les 3 frères étaient aussi originaires de là-bas. Et ils rêvaient de retrouver leur pays libéré des colonisateurs.

Après le café, Malik s'occupait de sa famille, Marouan de même et Sofiane rentrait chez lui pour programmer.

C'était leur routine, se voir tous les jours au café pour boire leur thé et leurs noisettes.

Jusqu'au jour où il reçut un appel pour Sofiane. C'était Damien. Il avait enfin réussi à conclure la vente du chat crypté à des représentants politiques. L'affaire représentait un marché rentable. Le problème était que Sofiane n'avait toujours rien signé et se demandait comment la transaction avait été réalisée. Mais Damien, comme d'habitude, ne divulguait aucunes informations. Il révélait très peu de choses.

Sofiane était casanier mais sortait beaucoup en ville, aux terrasses l'été et à la Halle de Cartouche l'hiver quand il n'allait pas au café de ses amis. C'était l'occasion pour lui de boire un verre et de voir d'autres personnes. Il s'y forçait. La Halle était située près de la Place des échanges de devises et était très fréquentée et très bien sécurisée des clans et des sectes. C'est à la Halle qu'il avait rencontré un type d'Airtransit. Sa solution de messagerie cryptée était revenue dans la discussion et l'ingénieur était très intéressé. Il avait demandé sans vergogne et sans gêne les brevets, les présentations et les documents importants du projet. Naïvement Sofiane lui avait donné ainsi qu'à son contact interne, le directeur de la sécurité spatiale, le dossier complet. Ils avaient échangé pendant de longs mois, ils lui avaient posé plusieurs questions et plus de nouvelles du jour au lendemain. Sofiane avait fait un suivi auprès d'eux mais sans réponses.

Les voyages de Sofiane

Sofiane n'aimait pas voyager mais il avait réalisé le tour du monde pour ses projets. San Francisco, Los Angeles, Paris, Londres, Helsinki, Singapour, Dubaï, telles étaient les principales destinations. Comment avait-il réussi à se rendre à Dubaï ? Il avait rencontré Jafar en Andalousie, un intermédiaire qui mangeait un délicieux gâteau au Lounge au dernier étage du Mall de la capitale. Qui avait accosté l'autre ? l'histoire ne le dit pas mais ils avaient fini par parler du projet de cryptage. La discussion allait bon train, avec beaucoup de questions de Jafar et autant de réponses de Sofiane. La rencontre s'était terminée par un aurevoir et une invitation à Dubaï où l'homme d'affaires possédait son entreprise et son logement.

A Dubaï il revit Jafar qui était venu le chercher à l'aéroport. C'était un voyage express, le temps de visiter les Malls, de diner à quelques restaurants et d'assister à une conférence et surtout de parler affaires. L'intermédiaire lui présenta des Chinois qui avaient travaillé pour ChinaNet, leur fabricant de boîtiers modem. Ils étaient très intéressés par le module de cryptage de Sofiane. Il lui proposa un partenariat pour fabriquer des appareils de diffusion de chaînes cryptées. Les discussions se déroulèrent autour d'un dîner avec vu sur les fontaines de Burj Khalifa. Après le repas, il ne les avait plus jamais revus et Jafar était resté muet sur un éventuel accord. René était un autre contact de l'homme d'affaires. Il voulait développer une plateforme pour les fans de football, de basket et de tennis. Il atteignait des performances de l'ordre de la nanoseconde. Il manquait à son système ultra performant un module de cryptage-décryptage-signature aussi rapide que son système d'exploitation. La discussion a eu lieu dans le SUV au retour de l'aéroport d'Abu-Dhabi. L'acolyte de Sofiane et lui étaient allés le chercher dans la capitale des Émirats Arabes Unis. La réunion a repris dans la salle de restaurant de l'hôtel de René. Les protagonistes étaient enthousiastes. Mais là encore rien n'était signé. Durant le séjour Jafar a présenté le projet à d'autres investisseurs, techniciens, hommes influents par téléphone. On comptait le Turc pour les Drones, le Suisse pour le Post Quantum et même un Hollandais pour un smartphone inviolable.

Ces gens représentaient beaucoup de contacts mais pour rien ; en tout cas rien de concret. Et de retour à New York, Sofiane avait reçu un appel de son nouvel ami qui lui avait présenté Damien du New Jersey. Ils n'étaient pas loin et il avait un profil plus technique, plus précisément de technicien commercial, préférable à celui de l'intermédiaire. Ils devaient se rencontrer mais sans succès. La ligne de train était inopérante à cause d'un incident de caténaire, en raison des violentes intempéries qui avaient sévi entre les 2 villes.

L'histoire de l'ours pieux

Sofiane était frustrée et triste que ses projets n'aboutissent pas et se rappelait soudainement l'histoire de l'ours et de la rivière écarlate que lui contait jadis sa grand-mère Janis :

« C'est l'histoire d'un ours qui vivait dans une forêt et dans cette forêt il y avait des loups. Le mâle alpha en tête, les loups, en meute, attaquaient le gibier. Ils se nourrissaient allégrement. L'ours les regardait manger…Et lui se frottait le dos contre les arbres et mangeait des bais, des fruits plus ou moins comestibles plus ou moins bons, dans cette forêt. Il enviait en quelque sorte ces loups qui par meute attaquaient et avaient un festin de roi.

Il regardait aussi l'aigle à col blanc qui dominait les montagnes et qui piquait pour prendre la part du roi, un met délicieux. Et L'ours se grattait le dos contre les troncs des arbres et mangeait des bais, des fruits plus ou moins amers, dans la forêt. L'ours se posait au bord de la rivière, une rivière d'argent écarlate. Cet ours méditait auprès de cette rivière, se demandait pourquoi les loups avaient leurs mets délicieux, et aussi l'aigle de son œil qui scrutait ses proies ? et lui il ne mangeait que des bais.

Il méditait, il louait et louait près de la rivière. Jusqu'au jour ou l'ours regardait devant lui, et il gagnait à regarder devant lui, ne se préoccupant pas des animaux autour, ni de l'écureuil, ni de la biche, ni des loups en meute ni de l'aigle en haut qui scrutait fièrement. Puis proche de cette rivière il remarqua les éclats d'argent et trouvait cela très beau. Et il commença à y voir plus clair, en fait il se mit à croire à son propre destin et il commençait à comprendre que lui aussi avait le droit à son propre festin. Mais comment avoir ce festin alors qu'il n'était pas en groupe comme le loup et n'était pas aussi vif et maître des airs comme l'aigle dans ses attaques avec son œil percent. Il savait que lui aussi avait le droit à sa rétribution et se demandait comment l'avoir.

Alors faisant sa toilette dans la rivière, il réfléchissait, il réfléchissait, il réfléchissait, et méditait, il louait, il louait. Et voilà que l'ours vit une magnifique truite bondir de la rivière et se disait que cela valait bien mieux que des bais et les fruits amers de la forêt. Et il se dit que le lendemain il se mettrait au bord de cette rivière il louerait il louerait, il méditerait en guettant l'arrivée d'une truite. Alors il se coucha sur un lit de mousse, protégé par les arbres à l'entour dans cette clairière devenu sombre qui lui servit de chambre à coucher.

Après avoir dormi d'un grand sommeil il se réveilla, fit sa toilette et se mit à méditer au bord du cours d'eau. Et ç'était à ce moment qu'il vit une truite aux rochers de la rivière. Alors il décida d'y aller mais il manqua de se briser une patte ou la tête. Il décida d'y aller calmement. Il se posa au rocher et il guetta jusqu'à qu'il vit une truite sortir de l'eau en remontant la rivière. Il l'attrapa de ses griffes et la ramena. La truite qu'il avait entre ses pattes lui servit de réconfort. Il la mangea, il la dégusta. Il en eu un met délicieux et il se sentie proche de ces loups qui se régalaient des gibiers de biches de lapins qu'ils partageaient avec l'aigle là-haut dans les montagnes.

Il se dit qu'il fallait se contenter pour aujourd'hui de cette truite et attendre la rétribution car l'ours devait rester patient. Alors il fit sa promenade dans les bois sans se préoccuper ni de la droite ni de la gauche, de ce qui se passait aux alentours, prenant son chemin tout droit. Après la promenade, il se languit et fatigué, il se mit à se reposer dans son lit de mousse, dans sa chambre. Le lendemain il se leva de son lit en baldaquin dans sa pièce qui se transformait, par la lumière, en une clairière magnifique. Et ce dit qu'il avait de la chance de vivre dans un endroit aussi beau.

Mais l'ours devait rester patient. Alors chaque jour il faisait se promenade, allait s'endormir dans sa pièce qui le lendemain devenait clairière. Il se leva en sentant qu'il avait un bon karma, il se promena dans la forêt et mangeait des fruits moins amers plus sucrés tout en se dirigeant vers la rivière. Et à cette rivière il vit une truite. Il alla la capturer mais au lieu d'aller au bord pour la déguster il resta au rocher pour capturer des truites qui remontaient le cours d'eau, d'une patte à gauche d'une patte à droite. Il en récupérait, récupérait, récupérait. En usant de sa prise il récupéra sa rétribution et au bord dégusta son festin. Le lendemain, c'était pareil, truite sur truite venant de droite venant d'en face venant de gauche, il attrapa truite par truite au niveau des rochers de la rivière écarlate. Il en a eu 9 puis 11. Et en fit son festin au bord de la rivière. Pour lui la rivière d'argent devenait une rivière de platine. Car elle lui apportait abondance.

Tous les matins il traversa la forêt pour rejoindre le cours d'eau. Mais un jour l'ours ne trouva plus de truite. Il se dit qu'il était damné car il avait fait trop d'excès de nourriture jusqu' à en devenir trop gourmand ou bien parce qu'il flâner trop dans la forêt. Alors un mois, deux, puis trois mois passèrent et rien dans la rivière. Il se contentait pour simple nourriture de glands, de fruits amers des arbres. Les loups devenaient quant à eux, plus agressifs plus affûtés dans leur chasse et la prise du gibier. L'ours avait peur, il avait peur d'avoir fait une grave erreur. Il se dit qu'il avait abusé sur les fruits et le

poisson, qu'il avait mangé plus que sa faim.
Alors il décida de refaire comme la fois
précédente.

Il regarder devant lui allait se coucher sous un
ciel bleu d'étoile. Il se levait et regarder les
arbres, la forêt, les montagnes, le levé du soleil
et toute aurore. Il regardait toutes choses
simples et magnifiques qu'il avait, par miracle, à
sa portée. Il se rappela qu'il devait louer, louer,
louer encore. L'ours ne se plaignait pas mais se
posait des questions : il avait peur justement
d'avoir exagéré et il se dit tout de même que s'il
a eu le festin une première fois il pouvait l'avoir à
nouveau. Alors il loua, il loua, il loua. Tant de
louanges tant de prières tant de patience lui ont
permis de retrouver la saison ou les truites
remontaient la rivière écarlate.

Et tous les matins il se promenait dans la forêt,
niant ses habitants et occupants, se dirigeait
vers la rivière et prenait du poisson aux rochers.
Il en prenait 9 et en gardait 7, il en prenait 11 et
en gardait 9, il en prenait 19 et en garder 11
jusqu' à arriver à 31 pour en garder 19. Il en
mangeait à sa faim sans excès et en gardait en

économie. L'ours était devenu patient, il a eu sa récompense et grâce à ça, il y gagna une autre saison de pêche dans l'année et toutes choses belles comme la lune et le miel. »

Sofiane avait beaucoup œuvré comme l'ours de cette histoire mais il se disait que le travail fourni était encore insuffisant. Épuisé, sans relâche il continuait de développer, à calculer à tester ses programmes à installer des logiciels pour de nouveaux projets. Il se disait que ce n'était pas possible, qu'un jour il finirait par réussir. Et comme si cela ne suffisait pas, il regardait dans les livres de stratégie, d'art de la guerre, de conseils religieux pour savoir comment se comporter comment gérer l'information, savoir quoi dire et ne pas dire pour les négociations. Il savait qu'il n'avait pas le rapport de force et que ses interlocuteurs avaient une démarche simple. Comme ils étaient déjà en place et déjà bien fournis en millions et en projets, ils leur suffisaient de demander les brevets, les documents techniques et par la suite de poser des questions pour comprendre le pourquoi du comment. Une fois que la solution était bien maîtrisée, il suffisait de l'appliquer dans leur environnement. C'est ce qu'avait fait Smalles, la société de sécurité des cartes à puce et d'autres logiciels pour l'espace et l'aéronautique.

L'interlocuteur de Sofiane était M. Dahud Gardiennage un ingénieur chef de projet de la sécurité des systèmes embarqués chez une branche de Smalles. L'ingénieur inventeur l'avait contacté et ce dernier n'était pas retissant à échanger, bien au contraire. Il lui envoya les formules et de suite Dahud avait accroché. Après de nombreux échanges, le gars de Smalles trouvait les résultats des travaux de Sofiane très intéressants mais il se trouvait que ça bloquait au niveau du service brevet. Était-ce une explication valable ? L'enfant du désert, opiniâtre l'appelait sans gêne. La nouvelle explication était douteuse et sans fondement mais le chef de projet proposa de référencer l'inventeur pour un poste à l'intérieur de Smalles, mais sans suite.

Les services

20 ans à porter ce projet et les autres. 20 ans à essuyer des échecs à se frustrer sur des "intéressants" mais sans suite. 20 ans de travail sans relâche à pousser de la formule à la démonstration, de la démonstration aux brevets, des brevets à la solution et de la solution à l'implémentation et de l'implémentation aux présentations puis plus rien, le néant, le vide les

ténèbres. Mais Sofiane n'avait pas fait que cela. Son activité inventive ne pouvant assurer un revenu lui permettant de payer ses charges, il travaillait pour des sociétés de services et cachait ses brevets à cause de la clause de non-concurrence ou avait des petits boulots en Intérim dans des activités comme le bâtiment qui n'avait rien à voir avec le numérique.

Mais ce n'était pas tout. Sofiane avait vécu de nombreuses aventures notamment avec les services de plusieurs pays.

En tant que porteur de projet innovant Sofiane tenta sa chance dans ce salon organisé par l'Etat de New-York. Il alla à l'accueil et un homme l'interpella :

- Bonjour, je suis A. A., j'ai un projet de fpga (circuit à structure programmable), et toi ?

Poliment il répondit :

- je suis Mr Sofiane et je propose une solution de chiffrement.

Il enchaîna :

- Intéressant, je viens de Washington pour le salon. Je cherche des partenaires. On peut déjeuner ensemble pour parler de nos projets si tu veux.

Il dit Ok.

Après avoir fait un tour dans le salon il alla donc déjeuner avec son nouvel ami.

- Voilà un document de ma recherche. En fait je suis docteur en électronique.

Il lui donna le change :

- Je suis ingénieur en informatique.

- pourras tu voir mon doc. J'essaie d'optimiser le routage des Fpga. Tu sais que c'est un problème N P complet.

Il alla dans ses lointains souvenirs d'étudiant et se rappela que ces genres de problème étaient irrésolvables par des ordinateurs. C'était comme déterminer les trajectoires des planètes du système solaire, c'est impossible.

Il rajouta :

- Tu sais que tu peux implémenter ta solution dans ce support électronique ? Tu pourras regarder du coup mon dossier ? Et on se reverra pour en discuter.

Ils se quittèrent pour se revoir 15 jours après

Il introduisit la discussion :

- Votre document est intéressant mais sur la forme y a des choses à redire. Je vous ai corrigé les fautes d'orthographe pour que vous puissiez le présenter.

- Oui merci.

Il avait effectué des recherches sur internet et un résultat l'avait marqué. Il s'agissait d'un article sur un meurtre dont un certain A. A. était témoin.

Il lui posa la question :

" Qu'avez-vous fait avant votre doctorat ?

- Je suis un ancien des services. J'ai détourné des satellites en Irak, j'ai surveillé des parlementaires. En Andalous on m'a demandé l'étude d'un char qui tire en se déplaçant.

Il était à peine étonné. Il lui donna d'autres publications à étudier en lui disant :

- J'ai un frère dans le New Hampshire ? si tu veux qu'on se voie, là-bas, chez mon frère Il y a une ferme.

Une semaine plus tard après avoir vu un reportage sur un Kabyle Corse du mouvement d'indépendance de l'Ile, il lui envoya un mail ou il était noté que les gens comme lui faisaient la guerre pour les autres et oubliaient leur communauté et que c'était pour cette raison que leurs projets n'aboutissaient pas. « On ne se défend même pas nous même. C'est à peine si on connait nos intérêts."

Et depuis ce message il n'avait plus eu de nouvelles. Voulait-il le recruter ? Le faire disparaitre dans cette ferme ? Il ne sera jamais.

Voilà une autre histoire du genre qui lui était arrivé, il raconte :

"A moi La côte ouest. La prime de mon concours va me permettre de repartir en Californie. Cette fois ci j'y vais tout seul. En effet je me suis inscrit à une conférence pour prospecter pour vendre et faire connaître ma solution de sécurité informatique. Et je ne peux imposer ça à un compagnon de route.

Le voyage se passe très bien avec une collation toutes les heures et des vidéos clips séries à la demande.

Dans le centre de la ville de San Francisco les premiers jours je cherche un téléphone avec un abonnement. Je vais chez un fournisseur téléphonique, je me renseigne et la jeune fille au guichet me propose un appareil et des recharges. Elle me demande mon nom pour enregistrait ma ligne. Je lui dis que je m'appelle Zinedine Zidane et je me retourne pour lui montrer le flocage en haut de mon maillot. Elle me valide la ligne.

Je me sens épié. Dans la conférence des hommes grands forts et souriants s'assoient à côté de moi. Je joue le jeu au cas où ils seraient là pour me surveiller et donc aussi me protéger. Je joue un peu au chat et à la souris avec eux dans le salon.

Plus tard je décide de faire une croisière dans la baie. On me dit d'attendre une demi-heure avant le départ sur le quai. Au moment de l'embarquement deux hommes en lunettes Oklay montent avant moi dans le bateau. Je me dirige à la proue et ces mêmes 2 hommes me demandent de rester à l'arrière de la barque. Durant la navigation ils me demandent si j'aime la promenade et je réponds affirmativement. Ils ne m'ont pas lâché du regard surtout quand on est passé sous le Golden Gate Bridge.

La conférence m'a permis d'avoir un entretien pour éventuellement intégrer ma solution dans la carte à puce américaine. Je rencontre l'inventeur du minitel un frenchi qui est très positif. Il me demande de rencontrer son associé Jeff.

Tout ce que je retiens de mon entretien avec le fondateur américain de la startup c'est le mot « local ». En fait il m'a expliqué qu'il voulait un local pour le projet. Pourquoi je suis là alors ? Et en plus de cela il me prévient, bienveillant, que je ne dois pas m'amuser avec les agents. Je feins de ne pas comprendre. Et il me le précise en parlant de ceux que j'ai rencontrés à l'aéroport. C'était la validation que j'avais les services spéciaux de la côte ouest sur le dos. Il finit en m'invitant à répondre à l'appel d'offre. Je me suis dit que j'avais aucune chance. Quand je lui ai livré ma proposition d'affaire il m'a juste dit de mettre mon numéro de brevet. Une fois revenu chez moi j'avais reçu le mail de la réponse négative.

Pourquoi il m'a demandé mon offre et m'a dit qu'il voulait un local ? Et c'est bien plus tard que j'ai compris qu'il voulait que je m'installe définitivement là-bas. Peut-on aller jusqu'à dire que les services voulaient me recruter ? Je ne pense pas être assez discret, on m'a fait souvent la remarque et de toute façon je n'étais pas intéressé. »

Les rencontres avec les filles

La vie de Sofiane était remplie de technique, de secrets, d'aventures mais aussi de rencontres avec les plus belles femmes. Là aussi il nous raconte :

« Pourquoi les filles posent toujours des questions pièges ? J'avais pourtant dit à Linda que je ne l'inviterais pas à mon mariage. Mais avait-t-elle bien compris ?

Linda, je l'avais rencontré dans son quartier, l'été. Il faisait chaud et elle était en bikini avec sa cousine sur le balcon de cet affreux bâtiment. Elle avait des formes et la taille, légèrement musclée. Le soutien-gorge de son maillot lui allait trop petit et le bas était très échancré. En fait elle avait un string et quand elle se retournait on voyait ses fesses arrondies. Elle était mate avec 2 grands yeux marron clair et des longs cils. J'étais sorti du bolide de mon ami et je lui avais fait coucou. Elle m'avait répondu d'un signe de la main. Je lui avais dit "- soit tu descends soit je monte". Elle avait disparu et j'avais deviné qu'elle allait descendre car elle avait lâché un petit rire cachant sa bouche de sa main. Je l'attendais dans le hall. J'entendais ses pas dans les escaliers mais ce n'était pas elle. Une voisine en pyjama sortait les poubelles. Puis de nouveaux pas raisonnaient et un rayon de soleil m'éblouissait dans cette cage d'escalier. C'était elle. Elle avait la tête baissée mais les yeux relevés. Ni une ni deux je l'ai prise et je l'ai embrassée. Elle feignait de me repousser mais au fond d'elle elle était d'accord pour que je pose mes lèvres sur les siennes. Elle m'avait dit :

"- je ne l'ai jamais fait avec quelqu'un dont je ne connaissais pas le prénom"

Elle mit son indexe sur ma bouche et m'amena à la cave.

Le fait de me faire surprendre m'excitait encore plus. Je l'embrassais sur ses bras sur son cou et enlevais les bretelles une par une de ses épaules. Elle était brûlante. Ses tétons étaient rose fluo sans mentir, mis en évidence par une poitrine bronzée. Je n'avais jamais vu ça. Elle était métisse. Ceci expliquait cela. Ses seins gonflés par le désir étaient parcourus par mes mains. Une fois que je l'ai bien embrassée partout et caressée sur ses zones érogènes je la retournais et je mettais sa ficelle sur sa fesse gauche. Et là la température était montée. C'était un temps tropical humide entre nos cuisses, nos hanches en action. Ce fut bref mais intense et nous deux avions pris notre plaisir. Là était le principal. Ça durerait plus longtemps une prochaine fois, sur un lit, dans une chambre, en toute intimité préservée.

On avait fini par se revoir et on avait fait connaissance, échangé nos prénoms nos rêves nos projets. Je lui avais dit que j'allais avoir un entretien à Nice et que si c'était bon pour le job je m'installerais là-bas. Par la suite je l'aurais invité sur la côte d'Azur.

Et c'est là qu'elle m'a dit :

- Tu m'inviteras à ton mariage ?

- Non je ne t'inviterai pas.

- Ah, ce n'est pas gentil ça.

- je ne t'inviterai pas à mon mariage mais tu y seras.

- Comment ça ? Je ne comprends pas ?

- Tu seras à mes côtés, tu seras ma femme.

La question piège s'était refermée sur moi mais elle était avec moi dans un endroit étroit. Serrés l'un contre l'autre on n'avait pas d'autres choix que de refaire l'amour, encore et encore. »

Cette histoire est très sensuelle mais il en d'autres, l'histoire de la boulangère, de la figue dont il parla avec son ami Karim, l'histoire des femmes de sa vie, et l'histoire de la femme de sa vie :

La boulangère :

« Il arrivait parfois que je me retrouvais dans un village dans le New Jersey. Je m'y rendais lors de week end ou pour les ponts. Chaque fois que j'étais à la maison, je voulais acheter le pain. Je n'étais pas motivé pour faire les courses mais je trouvais toujours un prétexte pour aller à la boulangerie. Je prenais de l'argent, pas trop pour ne pas agacer la commerçante mais jamais l'appoint. Je me faisais discret et n'attirais pas l'attention quand je quittais les lieux. Je fermais la porte avec délicatesse et longeais les murs du lotissement. Sur le chemin, les villas n'étaient pas si belles sauf celles qui étaient cachées. Comment savoir si elles étaient jolies alors qu'elles n'étaient pas visibles. Je pouvais sûrement les voir dans le reflet du miroir de mon esprit.

Quand je croisais des piétons ou des vélos, je m'écartais à me retrouvais sur la route. Je n'aimais pas le contact avec les inconnus, je n'aimais pas les contacts, tout court. Je ne me faisais pas à l'idée d'inhaler les odeurs d'un autre et détestais que quelqu'un me touche. Un jour j'avais lu que les autistes avaient cette caractéristique. J'étais un savant et comme tous les savants je devais craindre de tomber dans la folie. Je redoutais la bipolarité, l'autisme. Un klaxon me coupait de mes pensées et me fit remonter sur le trottoir. Je marchais doucement. Mes chaussures étaient soit trop grandes soit trop petites et les semelles toujours trop fines. Mais elles avaient l'avantage de tomber du meuble à chaussures. Je n'étais pas coquet mais là je m'étais habillé correctement et je m'étais coiffé. Je vérifiais devant le miroir que j'étais présentable.

Je mettais un quart d'heure environ pour me rendre au cœur du village. Je traversais plusieurs fois la rue selon les courbes pour optimiser le parcours sans pour autant que cela m'apportait quelque chose en vérité. Arrivé devant l'entrée de la boutique, je penchais ma tête pour voir à l'intérieur sans savoir si je me faisais remarquer. Je l'avais vu et je me redressais. Je plaquais mon dos contre le mur et attendais. J'attendais l'inspiration. Je voulais lui dire un mot sympathique, préparais une passerelle vers un échange intime mais rien ne me venait. Les paroles n'étaient que des mots alors que le regard transcendait les âmes. Je décidai donc de rentrer et de lui jeter un regard de mes yeux clairs aux longs cils.

A l'intérieur de la boulangerie, l'odeur du pain chaud et des viennoiseries me réveilla les sens. Était-ce la raison de mon étourdissement ? Que nenni. C'était la vision de cette fille derrière le comptoir qui me gonflait le torse. Mon cœur se mît à battre plus fort et je m'arrêtai à mi-chemin. Je regardai les pâtisseries à sa droite comme si son regard était attiré par la lumière des colorants. A sa gauche, il avait les miches de pains et d'autres variétés comme les baguettes gourmandes. En face de moi, elle me fit signe d'avancer sans m'inviter. Elle reprit la discussion avec sa collègue. Sans me prêter attention, elle me demandait comme à tout client ce que je souhaitais par un oui interrogatif. Devant ce minimalisme, je tentai d'établir un contact visuel mais en vain. Elle semblait indifférente ou plus hermétique. Elle se retourna et son visage s'effaça. Mon regard plongea et il vit la plus belle cambrure que je n'avais jamais vu. Elle était parfaite, soulignée par le nœud de son tablier et une excroissance parfaitement arrondit. C'était choquant comme anatomie. Le dos était cassé. La caisse me gênait pour admirer sa croupe et je me déplaçais légèrement sur le côté. Après un temps trop court elle se remit de face avec une baguette à la main. Je n'avais pas remarqué jusque-là son beau visage. Elle avait les traits fins, des yeux de biches, une beauté rare venant d'un pays chaud. Je m'imaginais qu'elle était portugaise. Elle se contenta de donner le prix de la baguette et je lui donnai une pièce de 2 Euros en évitant de toucher vulgairement ma main. Elle prit la monnaie dans la caisse et me la tendit. J'ouvrai ma main. En l'effleurant sensuellement, elle me mît les petites pièces dans le creux. Un frisson me parcourra le bras puis le dos jusqu'à la nuque. La sensation fut vive mais courte. Il était temps de laisser place au prochain client. De toute façon j'allais revenir pour revivre ce moment fantasmagorique avec ma boulangère.

Et c'est ainsi que le lendemain, le surlendemain, je revins à la boulangerie. Elle changeait de coupe, passant d'une queue de cheval à un chignon. Elle troquait son legging noir contre un jean clair toujours aussi serré, mettant en valeur ce qui allait devenir l'image la plus érotique de mes pensées. »

La figue :

« Tu aimes les figues ?

- oui mais ce n'est pas la saison.

- je ne te parle pas de cette figue.

-De laquelle alors ?

- Du fruit défendu. Le fruit défendu qui est noir à l'extérieur et rose à l'intérieur. Quand il est bien juteux c'est un régal.

- Je préfère les moules salées à peine poilues.

- En entrée les moules bretonnes et en dessert des figues d'Afrique noire.

- Ça ne marche pas. Ce n'est pas un repas équilibré.

- Alors que des figues, plusieurs sortes. Des petites des grosses, qu'on épluche avec les doigts et les dents et qu'on goûte avec les lèvres et la langue glissées entre la peau et le fruit. »

Toutes les femmes de ma vie :

« Je n'ai jamais été au-delà du flirt avec les femmes que j'ai aimé, sûrement de peur de les perdre et de ne pas tenir la douleur d'une déchirure sentimentale. Est-ce pour autant que je n'ai pas aimé celles avec qui j'étais ? Je ne sais pas. Peut-être un amour différent. On aime certaine personne avec le temps. Et parfois on a un bon feeling et on attend le faux pas. Et cette déception finit par arrivé.

J'ai été avec plus de 30 femmes. Le soir au lieu de compter les moutons je comptais mes amours passées. Mais je n'ai pas couché avec toute. Elle se compte sur les doigts d'une main celle-ci.

Il y a eu Christelle, Sarah, Karine, une autre Christelle, ... Stéphanie, Marion, une autre Stéphanie, Linda, Amandine l'Eurasienne, Amina, Latifa, Nabila, Sarah, une autre Linda, Mélissa, Leila, Kahina, Hafida, Zola, Maryline...

C'étaient toutes des poupées. Elles étaient très belles et très gentilles avec du caractère. Maryline est celle que je regrette le plus. Amandine était celle que j'ai le plus aimée le temps d'un flirt justement. Kahina était la meilleure des citées. Marion aurait bien fait sa vie avec moi. Elle me voyait comme un génie alors que c'était elle la femme exceptionnelle devenue femme d'affaires redoutable.

Pourquoi je ne suis pas resté avec elle chaque fois ? C'est la question que je me posais ma foi. J'attendais peut-être la bonne. »

La femme de ma vie

"Je savais que c'était elle, la femme de ma vie. Dès que je l'ai vu les regards se sont figés et le reflet de nos âmes étaient miroir l'un de l'autre. J'ai commencé à lui dire :

- je sais que c'est toi...

Tu as maudit toutes mes compagnes pour que je ne reste pas avec elles et que je ne fonde pas de famille. Chacune de tes rivales a subi. Elles ont toutes subi. L'une est tombé malade, l'autre ne pouvait pas avoir d'enfant. Même les meilleurs je ne pouvais rester avec elle. Pourquoi ? A cause de la malédiction qui était posé sur chaque femme avec qui je voulais être ? Est-ce là la preuve de ton amour ? Comment faire ça à un homme que tu ne connais même pas ? Peut-être que je délire. Il n'y a rien de tout ça.

- tu ne délires pas. Tu n'as rien imaginé et ses pensées sur moi sont justes. Je sais qui tu es. Je sais qui tu es et je t'ai attendu en espérant que je sois la bonne. Tu es le bon. Tu es un grand homme et on m'a promis ce grand homme comme mari. Maintenant nous sommes face à face. Que va-t-il advenir de nous deux ? Les visions de cette vieille dame sont-elles justes ? La prophétie va t elle se réaliser ? Je sais qui tu es et je t'ai attendu. Je sais qui tu es et tu es un grand homme. Je sais qui tu es mais toi tu ne sais pas qui tu es ; ou du moins pas encore. »

On peut dire les femmes oui mais il y avait aussi la poupée qui tousse.

La poupée qui tousse

« Encore se rêve que je fais. Je me lève et j'ai cette image de moi et une équipe dans une rue où tombe le brouillard. Je regarde la plaque et je m'aperçois que je suis encore dans cette rue, la rue de la poupée qui tousse.

La première fois que j'ai entendu le nom de cette rue c'était à la terrasse d'un café des champs Elysées. J'avais échangé avec un africain qui semblait être un ancien ministre de son pays, le Congo ou le Nigeria. Il était entouré de gardes du corps et de sa cour, de concubines avec des tenues affriolantes. J'avais osé lui adresser la parole. On parlait affaires ou plutôt je lui parlais business et lui, je m'en suis rendu compte plus tard, il se moquait de moi. En fait il m'avait invité chez lui dans un village en Afrique noire et il m'avait donné la rue de son domicile. C'était la rue de la poupée qui tousse. »

Les intérêts pour la géopolitique

Sofiane l'enfant du désert devenu ingénieur inventeur a forcément été amené à s'intéresser à la géopolitique dont il relate ici ses récits.

Il regardait une émission dont voici les dialogues :

Le géopoliticien

« Bonsoir Amir, la dernière fois vous nous avez donné votre lecture de ce qui se passait dans le monde sous l'angle des USA. Pouvez-vous nous donner une vision du point de vue des Russes ?

- Bonsoir tout le monde. Oui bien sûr. C'est très simple. Tout le monde sait que les Russes sont de grands joueurs d'échecs et même sur l'échiquier du monde et dans le jeu politique ils sont aussi très redoutables. Ne les sous-estimons pas. Pour comprendre leur stratégie il faut se référer à l'interview de Gorbatchev par Hubert Védrine. En effet lors de cet entretien L'ex-dirigeant de l'URSS nous expliquait que les Russes avaient donné une réponse asymétrique aux USA dans leurs courses à l'armement et à l'espace. Longtemps les Russes étaient devant mais ils se sont fait rattraper et même dépasser par leurs grands ennemis. Les USA avaient épuisé financièrement les soviétiques et ils ne pouvaient plus suivre. Mais au lieu de s'avouer vaincu ils préparaient un coup de maitre, cette fameuse réponse asymétrique. Mais quelle était-elle ? Face à face ils étaient perdant mais asymétriquement ils avaient aidé la Chine pour gagner sur le plan de l'industrie, les Indiens pour le tertiaire et les Arabes avec le djihadisme pour le militaire. Et surtout ils avaient fait perdre les USA au Vietnam ! »

Les bouts de papiers

Sofiane voulait raconter justement ces récits mais se contentait de les écrire sur des bouts de papier :

Le complotiste

« Tu es un complotiste, je ne veux rien savoir.

- Trop facile de m'accuser de complotiste. C'est toi, tu nies les faits.

- Quels faits ? Tu n'as pas l'once d'une preuve. Ce ne sont que des allégations fondées sur rien.

- Donc pour toi les grippes en Chine sont de simples contaminations de cas qui viennent de je ne sais d'où. Mais tu ne sais pas que l'armée américaine détient dans ses bases les souches de la vache folle, de la fièvre aphteuse de la grippe aviaire et autres.

- Tu as lu ça où ?

- Sur un livre des complots de la CIA. Les bases du livre sont la commission Church et la commission Rockefeller.

- La CIA, la CIA, tu crois vraiment que cette agence a tous les pouvoirs et que c'est elle qui cause tous les troubles dans le monde ?

- Pas tous mais Lumumba c'est eux, l'Iran Gate c'est eux, le Chili le Nicaragua...et Kennedy. Tout ça c'est dans les rapports de ces commissions. Ils en ont même fait un reportage sur la cinq.

- ....

- Le seul problème de la CIA c'est qu'il créait des dictatures. Mais ils ont trouvé la parade. Depuis 3 décennies ils ont créé des ONG comme la NED, la NDI, l'IRI, l'USAID. Et Soros, tu l'as oublié Soros ?

- Soros est un milliardaire qui veut aider les peuples à accéder à la démocratie, comme toutes ces agences.

- C'est vrai. »

Les gardiens vigilants :

« Je fais partie des gardiens vigilants de la planète. Nous ne sommes pas nombreux pas exposés mais très au fait de ce qui se passe dans le monde et nous pouvons influer sur sa face. Nous tolérons l'hégémonie américaine car c'est le prédateur alpha et il régule par cascades trophiques l'écosystème du monde. Par exemples s'il n'y a pas de grosses famines en Afrique c'est eux par leurs ONGs. Si la monnaie européenne est stable c'est aussi grâce à eux par leurs directives données aux dirigeants de la banque centrale européenne.

Mais s'ils vont trop loin nous nous réservons le droit d'agir contre leurs intérêts.

Nous sommes informaticiens, militaires, journalistes, agents consulaires...Nous ne connaissons pas mais nous nous devinons. Chacun est impliqué dans des projets stratégiques. Certains détiennent des armes, des énergies révolutionnaires et d'autres détiennent des données et des dossiers compromettants s'ils sont dévoilés.

Nous sommes conscients de l'impact de publier ces données, de livrer ces armes à des adversaires du nouvel ordre mondial.

Nous sommes conscients du danger de faire face à cette puissance et des traitres du partie antagoniste.

Mais quand c'est trop c'est trop. Quand l'équilibre du monde est menacé nous devons agir.

Par suite des événements récents que je ne commenterai pas j'ai décidé de passer le cap.

Nous aimons beaucoup l'Iran, plus que la Chine ou la Russie.

Je me suis donc mis en contact avec un de ses leaders pour lui proposer mon système de chiffrement léger et rapide.

Ai-je eu encore un égarement ? Ai-je fauté ? Je décide d'en parler à mes confidents. Ils m'alertent tous sur la criticité de mon initiative.

Est-ce que le contact a pris ? Seront-ils avantagés par ma solution dans la bataille qu'ils se livrent contre l'ogre américain ?

Je suis couvert par mes arguments car les grandes entreprises pétrolières et d'autres ont le droit de travailler avec ce pays banni alors pourquoi pas moi.

Et s'il la faut mon impacte est ridicule et insignifiant pour ce conflit qui nous dépasse tous ou presque. »

Les chaines info

Il n'était pas en reste, non plus, sur ce que disaient les journalistes sur les chaînes infos de l'autre côté de l'Atlantique, la France :

La djellaba

« Tu vas voir que la journaliste va dire qu'il avait une djellaba.

- Le prévenu portait une djellaba noire.

- Et là qu'il a crié "Allawakbar".

- Les témoins l'ont entendu scander "Allawakbar".

- Et maintenant qu'il avait un Coran sur lui.

- Les policiers ont trouvé un Coran sur lui et des livres salafistes. Il s'est reconverti à l'islam il y a 2 ans et fréquentait une mosquée de la banlieue parisienne avant d'être interné en psychiatrie à l'hôpital St Juste. Il en est sorti en juin dernier et il ne prenait plus son traitement selon ces proches. Est-ce un acte isolé d'un déséquilibré ou est-ce l'œuvre d'un terroriste ? Et dans ce cas-là est-ce un loup solitaire et est-ce que l'acte va être revendiqué   ? L'affaire est transmise au parquet de Paris pour voir s'il faut la qualifié d'acte terroriste. Le tueur avait un casier pour des affaires de droits communs, trafique de cannabis, violence...Des perquisitions ont eu lieu chez lui et ses proches sont en garde-à-vu. Les ordinateurs et les clés USB seront analysés pour voir si le présumé terroriste fréquentait les milieux de l'islam radical et s'il allait sur les sites des fous de la révolution.

Cette actualité apparaissait un samedi jour de manifestation des insurgés en France.

Elle a été prédite par un ami qui la semaine précédente m'avait dit :

" tu vas voir il va y avoir un acte terroriste en France pour faire diversion car le mouvement prend trop d'ampleur et qu'il occupe trop la scène publique."

Ces faits étaient l'écume du terrorisme en France et correspondait à l'idée de soumission de ceux qui portaient la réponse asymétrique, au concept de nation-faction. »

Le mouvement :

« Je suis chez moi et il n'y a rien à faire. Je tombe sur mon canapé et J'allume ma télé. Je zappe et je tombe sur BofFm :

- Oui Bonjour, nous consacrons notre journée de ce samedi pour vous diffuser les manifestations des GJ. Nous serons en direct des grandes villes Paris Lyon Marseille Nantes...Ce que nous pouvons vous dire à 8H30 c'est que les GJ arrivent en métro à la station étoile et se dirige vers le cœur des Champs-Elysées. Ils tenteront peut-être d'arriver aux abords du palais présidentiel mais les forces de l'ordre font des barrages devant le ministère de l'intérieur et l'Élysée. Ils bloquent aussi les rues adjacentes pour pas que les manifestants cassent et brûlent les commerces et les voitures de ces endroits huppés. La sécurité est renforcée devant les boutiques. Nous aurons sur le plateau Pierre Fibre notre spécialiste Police Justice Olivier Naudon du mouvement en Moonwalk et Christine Le Pêchu de la gauche radicale. Nous retrouvons tout au long de notre journal d'autres invités, des spécialistes, des interviews, des débats. Mais tout de suite les infos avec Karim Mberki.

- le président américain devra se présenter devant le congrès. Il nie toujours les faits qui lui sont reprochés. L'étau se sert autour de lui et son ex proche conseiller est prêt à témoigner sur les écoutes du fils du neveu du frère du ministre Ukrainien qui était en contact avec le candidat John Manson rivale du président à l'investiture républicaine. On ne sait toujours pas si la chambre haute à majorité démocrate portera l'affaire au tribunal administratif et si le président refusera de se présenter devant le juge de la cour fédérale.

Ukraine : les troupes de l'armée rouge se masse à la frontière du Donzak à l'est du pays et le dirigeant russe promet une attaque imminente si les troupes du général Miskovich ne se retirent pas de la zone de neutralité définie par l'ONU où la population est en majorité russophile. Les organisations internationales condamnent cet acte de guerre mais reste neutre.

Retournons maintenant en France. Les GJ commencent à arriver sur les Champs sous bonne escorte. Selon les estimations de la préfecture de police ils seraient une centaine et selon les syndicats qui comptent les rejoindre pour défendre les retraites ils seraient 2000. Nous ferons un point à 11 heures sur la situation avec nos envoyés spéciaux dans toute la France et en Belgique.

- il est onze heures et c'est l'heure de rejoindre nos reporters et faire un tour de France des manifestations. Qu'elle est la situation à Bordeaux, Isabelle ?

- Oui à Bordeaux c'est calme. Il y a un cordon de CRS autour des manifestants. Tout se passe dans la tranquillité.

- Et vous Yann à Nantes ?

- C'est calme aussi. Les manifestants se dirigent vers la place de la gare et ils respectent l'appel au calme lancé par la maire du mouvement moonwalk.

La situation est maitrisée aussi à Marseille Lyon Lille.

- Quand est-il de Toulouse, cher Patrick ?

- Ici la situation a dégénéré. Les casseurs ont rejoint la manifestation à 10h30. Ils ont fait des barricades avec des engins de chantier, ils jettent des projectiles, bouteilles de bière, pavés, sur les forces de l'ordre, suite à cela ils ont demandé des renforts à l'armée. Des tanks sont sortis des casernes et se dirigent au moment où je vous parle vers les boulevards aux abords du Capitole.

- Chère Mme le Péchu cautionnez-vous ces débordements ?

- Le mouvement des GJ revendique un meilleur pouvoir d'achat et ils attendent la réponse du gouvernement.

- Mais condamnez-vous ces actes violents ?

- La violence est policière et les manifestants ne font que répondre.

Olivier Naudon : Mme Le Péchu je ne peux vous laisser dire ça. Ce n'est pas républicains ce n'est pas digne d'un responsable politique.

Pierre Fibre : Effectivement les policiers risquent leur vie ils sont aux fronts. Ils sont là pour assurer la sécurité des citoyens et même des manifestants.

Le Péchu : alors rejoignez le mouvement.

- Calmez-vous. Je vous demande de vous calmer. Les casseurs ne sont pas les seuls à faire de la violence, il y a aussi des GJ radicaux, non ?

Le Péchu : je ne suis pas d'accord, les casseurs d'où viennent t ils ?

La journaliste : vous insinuez que les casseurs viennent du gouvernement et que ce sont des policiers déguisés comme les thèse complotistes le montre sur internet ?

- Non je dis juste qu'il y a un laissé faire, que les casseurs ne sont pas arrêtés alors que le traitement envers les GJ est sans ménagement. C'est le moins qu'on puisse dire.

Olivier : vous essayez de récupérer le mouvement et les GJ ne vous acceptent même pas dans leurs manifestations.

- je vous interrompe c'est la pub.

Et je zappe sur CCNews et ça devient insoutenable. J'éteins et j'appelle mon ami pour prendre l'air. A non je ne peux pas sortir c'est la guerre dehors.

Le monde va vraiment mal et il faut faire quelque chose. Mais quoi ? »

Les histoires de Mo

Sofiane, l'enfant du Sahara avait rencontré un certain Mo, un Franco-Algérien de Toulouse qui était comme lui ingénieur-inventeur. Il lui a raconté ses histoires aussi passionnantes que les siennes :

Les sanctions américaines contre l'Algérie :

« J'ai fait la rencontre de l'assistant du rédacteur en chef du journal Foreign Affairs. Ce journal a été créé par Rockefeller.

Tout de suite il m'a dit qu'il cherchait un travail en France.

J'ai pensé à lui raconter une histoire qu'il pourrait transmettre à un journaliste de son réseau aux USA.

Il était d'accord de m'écouter et je lui ai donc conté ce que j'avais sur le cœur concernant une affaire géopolitique.

En fait j'avais des amis qui me disaient que je devais parler de mon brevet à l'Andalous.

Je suis donc allé au consulat de Toulouse et j'ai profité de mon enregistrement au service national pour parler avec le représentant de l'armée andalouse. Il m'a dit que mon projet devait être présenté à la capitale.

J'ai donc laissé tomber, pour l'instant.

Je suis revenu à la charge des années plus. Et là j'ai reçu un accueil favorable. Le vice-Consul m'a dit qu'il y avait un intérêt pour mon projet pour répondre à un besoin dans le système bancaire de l'Andalous. Il m'a demandé de préparer un dossier formel qu'il allait transmettre en valise diplomatique.

Je n'ai pas fait ça. Je suis allé directement à la capitale. Je me suis renseigné et on m'a dit d'aller au siège de la banque BNA.

Sur le chemin à pied j'ai rencontré un homme âgé solide et bien conservé qui me faisait penser à un ancien policier.

Je lui demande où est la banque et il me demande de faire le chemin avec lui car c'était sur sa route. Lui allait au secrétariat général. Sur une intersection un policier qui faisait la circulation lui fit un salut respectueux et craintif. Il me parler de la capitale jusqu'à que j'arrive à la banque et là il fut dessus que je le quitte et que je ne le suive pas.

En fait ce siège était le mauvais il a fallu que j'aille au siège informatique à la Puerta Hussein.

Je me suis rendu là-bas et j'ai déposé mon dossier à la secrétaire de la langue française.

La même semaine un décret sur les banques était passé. Concomitance, coïncidence ?

Quelques années plus tard un ami m'apprend que l'Andalous avait eu le S400 un an plus après ma visite. Je me suis renseigné et effectivement c'était le seul pays qui l'avait avec la Russie et la Biélorussie. Même la Syrie ne l'avait pas, ni l'Égypte ni l'Iran...

Bien plus tard je réalise que la Russie a eu les missiles hypersoniques avec les premiers essais en 5 ans plus tard.

Dans mes présentations je disais que mon système de chiffrement avait des applications dans les fusées et les missiles.

Puis j'ai fait le lien. Si en fait l'Andalous avait joué sur les 2 tableaux pour mon brevet, avec une application pour la banque et une application pour les missiles.

J'ai imaginé que ce pays avait donné mon brevet à la Russie pour réaliser les missiles hypersoniques et en échange la Russie avait fourni les S400. Les dates coïncidaient, les technos et les alliances aussi.

Et un jour j'en parle à une connaissance qui travaille dans la sécurité qui me dit que cette transaction porte un nom. Ça s'appelle un droit d'achat.

Mon histoire ne se termine pas là.

Je suis mis en contact avec le producteur de the World le journal équivalent au Monde aux USA.

Je réponds à son interview sur Signal et je lui raconte l'histoire.

L'interview n'a pas été diffusé mais quelques semaines plus tard un sénateur de Floride propose une loi de sanction contre l'Andalous. »

La nouvelle énergie et les missiles hypersoniques :

« J'ai toujours voulu travailler avec la France et l'Occident sur mes inventions mais j'ai souvent été confronté au scepticisme, au moins en apparence.

Mais cette fois ci je décide de présenter mon nouveau brevet, toujours sur mon système de chiffrement, avec le générateur de clés et des optimisations et ma nouvelle énergie pour réaliser entre autres des canons laser, au consulat d'Andalous.

J'ai eu le problème de l'imprimante pour avoir une version papier de mon dossier.

J'ai décidé d'imprimer les documents à l'imprimante de mon lieu de travail.

C'était une mauvaise idée car ils ont été interceptés par mon directeur qui me dit qu'il a lu les documents.

Je me suis donc rendu au consulat un mardi matin. Je dépose le dossier qui va être transmis par v.d. Là je croise une collègue de travail qui me demande ce que je fais au consulat.

Quelques semaines après la France a le laser et les technologies hypersoniques.

Je m'attendais que ça soit la Russie qui les ai mais c'est la France qui essaie et qui valide devant le monde entier ces technologies dernier cri.

Peut-être que les menaces de sanctions américaines contre l'Andalous avait fait en sorte qu'ils se tournent vers la France avec des accords sur les énergies, ce pays étant incapable de développer ces technologies. »

Les accords secrets :

« Comme tu le sais, j'ai transmis un dossier pour développer une nouvelle énergie au consulat d'Andalous. Mais que s'est-il passé ? Est-ce une lettre morte ? Est-ce qu'ils vont pouvoir développer le canon laser contre-mesure des drones israéliens à base de cette énergie révolutionnaire ?

Je vais te raconter une histoire incroyable.

En fait les services spéciaux français ont intercepté le dossier. Ils l'ont remonté au plus haut de la hiérarchie.

Puis le président de la République a transmis les fichiers à Elon Test lors de sa visite à l'Elysée.

De retour aux USA le milliardaire a fourni la technologie à Southrop AGrumwoman.

Et en l'espace de 3 mois la compagnie militaire a développé le laser portable Phantom avec toutes les caractéristiques de l'arme parfaite. Elle a effectué des essais sur les îles Hawaïenne et la réussite de ces tests ont dépassé les attentes macabrement.

La France n'a pas été en reste. Elle a obtenu le laser de la génération précédente.

Et l'Andalous par cascade trophiques s'est vu décerner le projet harpe qu'elle s'est empressée d'utiliser à l'Est pour provoquer des tremblements de terre aux alentours de Marrakech et des inondations dans la Libye des rebelles de Benghazi. »

Les mails au Cheikh

L'univers de Sofiane et de Mo étaient 2 mondes parallèles. La croyance des 2 complétait cet univers et Mo reprenait ses courriers qu'il envoyait à son Cheikh pour les racontait à Sofiane :

Mails au Cheikh :

« Salam Cheikh,

Je vous donne mon avis sur les Brics :

Les gens veulent adhérer aux Brics par voie officielle ou par la voix.

Comment fait-on, sans le GPS, sans Google, sans le divertissement américain ?

Comment les Chinois avec le Brics vont créer une nouvelle monnaie pour contrer le dollar alors qu'ils ont de centaines de milliards de réserve de la monnaie américaine. Et tous ces américanos indiens qui sont CEO, à la tête des plus grandes entreprises américaines ?

Je ne suis pas pour un nouvel ordre mondial avec le Brics, je veux juste que les USA se responsabilisent et que certains opérationnels haut placés remplacent certains directeurs qui ne sont plus dans le coup.

Et concernant l'entrée de certains pays dans les Brics je pense que le refus est une bonne chose car c'est trop tôt. On est en phase d'observation le monde est en entente de savoir qui est le nouveau prédateur alpha. Et Dubaï prend un risque de rentrer dans les Brics. Ils ne sont pas à l'abri d'une entente contre nature entre des leaders du Brics et les USA sur la table des arrangements secrets comme un petit nouveau qui s'assoit à une table de poker.

Et là encore ça reste mon avis.

Mo »

« Salam Cheikh,

Mon avis sur L'islamisation :

Les Français craignent d'être islamisés plus largement l'Europe. Mais ça fera que la 5ieme ou 6ieme fois que l'Europe sera islamisée. La renaissance Française c'est une islamisation de la France, la renaissance italienne c'est une islamisation de l'Italie, les Omeyyades d'Espagne c'est une islamisation de l'Espagne, l'Allemagne protestante avec Luther c'est une islamisation de l'Allemagne, les Anglicans ce sont l'islamisation des Anglais. Le retour des croisades c'est une islamisation de l'Europe, la chute de Byzance et l'empire ottoman c'est une islamisation de l'Europe de l'Est. Les lumières, la laïcité, la Révolution française c'est une islamisation de la France. Napoléon et le code civil c'est une islamisation de l'Europe. La révolution industrielle et la colonisation c'est une islamisation de l'Europe. La décolonisation c'est une islamisation de l'Europe. Vous avez peur de quoi ? De voyager dans le temps et l'espace, atteindre des exoplanètes et d'avoir une énergie parfaite ? Vous avez peur d'un paradis sur terre ? Comme vous avez craint le savon et les bains et la science et la médecine ? L'islamisation a plusieurs formes et ce polymorphisme il ne faut pas en avoir peur mais il vous faut embrasser l'Islam, s'il vous plaît. Si vous voulez la lumière de Dieu et le paradis ici et dans l'au-delà. »

« Salam Cheikh,

Je vous donne mon avis sur l'hypocrisie :

Un hadith important dit : « Celui qui a peur d'être hypocrite n'est pas hypocrite. Celui qui pense qu'il n'est pas hypocrite alors il est hypocrite. "

En revanche ce hadith est valable quand on ne le connaît pas.

Celui connaît ce hadith et qu'il dit qu'il a peur d'être hypocrite en pensant qu'il n'est pas hypocrite alors il est hypocrite.

En fait connaissant ce hadith, on l'inverse.

Celui qui feint d'avoir peur d'être hypocrite est hypocrite.

Celui qui pense qu'il n'est pas hypocrite et qu'il connaît ce hadith alors il a déjà pensé qu'il était hypocrite et il a fait la démarche pour penser qu'il n'était pas hypocrite. Donc il n'est pas hypocrite.

Conclusion celui qui connaît ce hadith et qui feint d'avoir peur d'être hypocrite alors il est hypocrite.

Celui qui pense qu'il n'est pas hypocrite et qui connaît ce hadith alors il n'est pas hypocrite.

Après je rappelle que le mensonge est un signe d'hypocrisie qu'il faut effacer. Et que l'hypocrisie amène la personne au fin fond de l'enfer. Donc le mensonge peut amener au dernier étage de l'enfer.

Ne pas négliger de ne pas dire la vérité !

Et la taquia, le mensonge stratégique est une exception de l'exception car le jihad est l'exception de la règle de l'islam qui veut dire paix et soumission à Dieu.

Donc ne pas abuser et surtout éviter le mensonge en tout temps.

Et Dieu est le plus savant, et le saint esprit après lui et l'imam Mehdi avec lui. »

« Salam Cheikh,

Voici mon avis sur la prière :

C'est 20 dernières années, on a été interpellés sur un hadith sur la prière. Celui qui dit que ce qui différenciait le croyant du non croyant c'était la prière.

Par ce hadith et ceux qu'ils l'ont rapporté Dieu a guidé de nombreuses personnes hamdoullah.

Par contre nous ne sommes pas des khawarij pour sortir des gens de l'islam.

Est-ce bien clair mes frères ?

De plus certains passages du Coran disent que les bonnes actions, la zakat et croire au jugement Dernier suffisent pour rentrer au paradis.

De plus certains disent à tort que les 5 prières ne sont pas citées. A tort. Il y en a au moins 4. Lève du soleil couché du soleil, la prière de la nuit et la médiane plusieurs fois.

La médiane est celle du Dhor ou celle du Asr ? Allahou Halem.

Même les ablutions sont dans le Coran, dans la sourate, la table servi Allahouhelem

Et que dire de ce hadith qui parle du bon comportement ?

Comme si aujourd'hui on doit choisir entre le bon comportement et la prière Starfellah.

On va conclure mes frères :

La prière est obligatoire oui et pour ceux qui ne le croient pas où si c'est une lourde contrainte dite vous que la prière est tout simplement un bienfait !

La prière est un bienfait pour vous ! »

« Salam Cheikh,

Voici mon avis sur la pauvreté :

Certaines personnes à l'arrivée du Mehdi vont être surprises. Je ne dis pas déçues mais surprises.

La première chose que l'imam Mehdi va faire en ce qui nous concerne ça va être de s'occuper de réformer la communauté musulmane.

Il va répondre au débat de toutes les sectes.

Les organisations ne vont pas tomber mais elles vont être restructurées surtout à leur tête. Et tout va se régler par cascades trophiques.

En gros les opérationnels ou conseillers ou imminences grises ou hommes de l'ombre vont prendre la direction des structures islamiques et politiques ainsi que de toutes entreprises multinationales.

En ce qui concerne les pauvres. Ce sont ceux qui ont beaucoup d'attente par rapport au Mehdi avec justement les opérationnels qui sont relégués aux deuxièmes plans et qui vont revenir à la tête des organisations comme je l'ai déjà dit.

Donc les pauvres vont être surpris. Bien sûr que les riches ont commis des injustices envers eux. Ils ont comme excuse de s'être lancés dans l'entreprenariat.

Mais certains pauvres aussi on commit certaines injustices envers leur patron ou leur tutelle.

Donc,   :

" déjà le paradigme du partage du gâteau est faux"

Le prophète a déjà arbitré des débats entre riches ou pauvres selon le hadith des 33 fois

Hamdoullah 33 fois soubhana 33 fois Allahouakbar.

Le prophète le parfait des hommes a donné le mot de la fin aux riches. Acceptez-le ou non.

En revanche les injustices commises par les riches envers les pauvres seront corrigées.

Cependant les injustices des pauvres envers les riches ne seront pas corrigées car elles ont déjà été corrigées par les riches vu le poids qu'ont les riches sur les pauvres.

Il n'y a plus de classes moyennes donc pourquoi parler de ces classes ?

De toute façon vous serrez tous gavés comme des oies. Vous allez dire Hamdoullah et Dieu vous donnera encore et encore même pour les plus insatiables. C'est une promesse du bon Dieu que l'imam Mehdi tiendra en tant que mandataire.

Par contre en ce qui nous concerne indirectement l'imam Mehdi fera des dohra fera les causes pour qu'un maximum de gens qu'on dit mécréants ou apparentés, à la fin des temps, deviennent croyants.

Et Dieu est le plus savant et le saint esprit après lui et l'imam Mehdi avec lui. »

« Salam Cheikh,

Je vous donne mon avis sur le groupe du Mehdi.

Des gens relatent le hadith qu'il faudra suivre le Mehdi même en rampant sur la neige.

En fait y en a qui vont être rassurés ou déçus mais très peu de Toulousains seront concernés par l'armée du Mehdi même très peu de maghrébins. Les plus valeureux et volontaires resteront chez eux à protéger leur famille.

Bien sûr l'élite sera le Korachan les plus aguerris et les plus pieux.

Mais le plus gros des troupes sera composé d'Indiens.

Pas d'Algériens mais d'Indiens.

Pas de Maghrébins mais d'Indiens.

Pas d'Arabes mais d'Indiens.

Même pas d'Afghans ou de Pakistanais mais d'Indiens.

Et Allah est le plus savant et l'esprit saint après lui et l'imam Mehdi avec lui. »

« Salam Cheikh,

Je vous donne mon avis sur le malin :

L'ange de feu n'a pas voulu se prosterner devant l'homme et a désobéi à Allah.

Mais quand est-il de lui à la fin des temps ? En fait il est l'ennemi déclaré des créatures, et des hommes.

Or une secte chrétienne déclare que le Diable a quitté la terre en 1914, lors de la première guerre mondiale.

L'homme était devenu trop mauvais et destructeur. Il n'avait plus besoin d'être tenté par le Diable pour faire le mal.

Un chanteur de variété rap Soprano le chante dans sa chanson le Diable ne s'habille plus en Prada.

Mais quand est-il vraiment ? Et si le Diable est parti est ce que l'homme peut aller dans son sentier ?

Pour le sentier, je m'en réfère à vous.

Pour l'autre parti de la question je vais vous expliquer de quoi il en retourne.

Je vais vous l'expliquer par une scène de théâtre que je vais vous relater.

Un jour un homme musulman se fit arrêter par la police. Il ne voulait pas parler et il a été torturé. Il gardait toujours le silence et il fut jeté dans une cellule. Un des gardes à dit que celui qui aller lui faire la relève était le pire.

2 autres geôliers gardaient la prison. Un était représentant de Jésus et des Chrétiens et l'autre avait la tête chauve et était bouddhiste.

L'homme ne voulait pas dormir et crié dans sa cellule.

Le chrétien de Jésus et le bouddhiste l'ignoraient. Le Chrétien garder un grand registre et il le mettait à jour bien soucieusement. Le Bouddhiste faisait le tour des cellules et vérifiait si tout était en ordre dans le couloir.

Or le sataniste tatoué d'un serpent, le garde voulait faire dormir l'homme. Il allait dans une pièce et enclenché du gaz dans les cellules !

Mais l'homme le regardait droit dans les yeux et le sataniste ne voulait pas céder.

Une heure, 2 heures, 4 heures dans la cellule, ni l'homme ni le sataniste ne voulait s'incliner, le musulman ne voulait pas se calmer et dormir et le sataniste ne voulait pas baisser les yeux.

Les 2 individus, vers 6 heures du matin, étaient fatigués - je vais vous la faire courte - et l'homme n'a pas céder et le sataniste a fini par baisser les yeux.

En fait cette histoire illustre le fait qu'à la fin des temps les chrétiens et les autres croyants attendront et seront spectateurs du monde et l'imam Mehdi demandera au Diable de s'incliner devant Dieu et le Diable finira par s'incliner devant lui. Le deal de l'imam Mehdi était que si le Diable s'inclinait alors il pouvait revenir à Dieu. Par contre la condition du Diable c'est qu'il serait le jnoun de l'imam Mehdi.

Et c'est comme ça que se finit l'histoire du Diable à la fin des temps.

Et Dieu est le plus savant, le saint esprit après lui et l'imam Mehdi avec lui.

Mo »

« Salam Cheikh,

Le Diable m'a dit que je serai Dieu à la place de Dieu.

Je lui ai dit jamais c'est la folie...

Il a attendu quelques jours et il m'a dit que je sauverai Dieu quand il viendra sur Terre avec l'apparence d'un homme que j'ai déjà vu en rêve.

Et là j'ai dit d'accord, t'as raison. »

L'attaque de la serveuse tueuse

Pourquoi s'égarer alors qu'on peut se garer ? Les motos rugissantes et rutilantes posaient leur béquille, les chefs des clans en moto et leurs sou fifres tournaient la clé du contact pour éteindre le moteur de leur bécane.

Les Écureuils Assassins allaient prendre un verre dans ce café pas loin de la gare des autobus. Wilfrid le chef avec une dégaine de pirate poussait les portes battantes du recueil des bandits. La serveuse était à une table en train de servir des messieurs a priori paisibles. Le barman nettoyait ses verres avec une serviette dont l'hygiène était douteuse.

« Qu'est-ce que je vous sers Messieurs ?

- Toi-même tu sais !

- une bière pour ses Messieurs ! »

La serveuse les plaça à une table et 2 gardes restaient au comptoir.

Un autre surveillait l'entrée.

Les bandits s'impatientaient du service :

« Ça vient ses bières ? »

Le barman répondit :

« Oui bien sûr, tout de suite ! Permettez-moi cependant de vous offrir de bons rôtis de mes meilleurs poulets tous juste sortis de mon poulailler. »

Les clients, sals comme des porcs, n'étaient pas contre et le chef hocha la tête pour dire pourquoi pas.

Le barman d'un coup de nuque dit à sa serveuse de passer en cuisine. Elle s'y conforma.

Un instant plus tard, les bières sur le comptoir prêtes à être servi, la serveuse revint avec un immense gâteau.

Les bandits étaient surpris. Les autres clients quittèrent les lieux.

La serveuse jeta le gâteau plein d'acide sur les attablés, se précipita sur les mecs au comptoir, trancha la gorge à un et éventra l'autre qui se retournait vers elle. Elle mit un chassé au gardien de l'entrée et lui tira une balle dans la tête de son flingue qu'elle portait derrière son chemisier à la taille. La scène s'est déroulée très vite. Le barman s'échappa par l'arrière-boutique et les hommes gisaient tous par terre. Les uns étaient brûlés par la crème corrosive, les 2 au bars baignaient dans leur sang et le dernier bouffait la poussière, agonisant. La tueuse cria : " Vive la Baronne du Seizième ". Une des Chattes en Furies avait frappé et exécutait des membres du clan des Écureuils Assassins.

Gertrude

Gertrude était la sœur de la tueuse des victimes du bar de la gare dont les faits étaient retranscrits partout sur les chaînes de télé. Elle était rousse, forte, de belles formes généreuses. Elle ne ressemblait pas du tout à sa sœur qui était athlétique, musclée et carrée des épaules avec un ventre creux. Les 2 filles, cependant, avaient une forte poitrine et un derrière rebondi. Elles avaient des aires aussi.

La fille rousse sortait avec le fils du chef des Blacks Fresh Renégats.

Le père était vieux mais bien conservé. Il avait une barbe blanche qui faisait penser aux Boucs Blancs des adeptes de la secte du même nom. Il avait des gros biceps et un gros ventre. Le torse était tombant et les jambes presque fines, du moins les mollets. Le fils était le modèle réduit du père.

Le père, le fils, et la rouquine avaient entendu l'histoire de l'attentat du bar et redoutaient, les trois, des représailles. Y allait-il avoir une guerre entre les clans alors que tout était plus ou moins calme depuis des mois, si ce n'etaient des années ?

Gertrude et Brice faisait souvent l'amour mais très peu de positions, vu la corpulence de la jeune demoiselle forte. Brice aimait la prendre debout, par devant ou par derrière en faisant secouer ses gros sains et en serrant fort ses fesses rebondis. Il l'a tiré légèrement par les cheveux. Elle avait la tête légèrement penchée et il la prenait avec de légers coups de rein auxquels elle répondait, en synchronisation, par des poussées cambresques. Tout était léger jusqu'au changement de rythme. Au bout d'une quart d'heure les battements cardiaques s'accéléraient comme le mouvement des hanches du sanglier et de la cochonne. Le corps noir du jeune mâle tapotait tout en glissant sur la peau et le corps très blanc avec des taches de rousseur. Le tableau était burlesque et sexy. Les étreintes dans l'acte étaient effrénées jusqu'à entendre des petits cries de truie pour celle-ci et des grognements de celui-là. Puis il la retourna, enchaina à nouveau les mouvements et les rugissements jusqu'à l'étreinte finale. Mais ce n'était pas fini, ils recommençaient et recommençaient jusqu'à en perdre des kilos qui seront vite regagnés avec un autre appétit. Car après tous ces efforts et ses émotions il fallait se ravitailler. Et ça s'exécutait à coups de crème, de gâteaux, de fruits exotiques, de bananes, de pêches, d'abricots, de poires, d'œufs et toutes sortes de liqueurs abreuvantes et festoyantes. C'étaient les principales occupations des 2 jeunes gens : faire l'amour et manger et quelquefois les 2 en même temps.

La fin des temps

Encore une fois les tueuses du Seizième avaient sévi. Elles ne frappaient jamais pour leur compte mais étaient des mercenaires à la solde d'autres clans. Mais pour le compte de qui avait-elle attenté à la vie de ces bandits, membres des Écureuils Assassins. De combien de noisettes, de cacahuètes, de pépites le clan des Chattes en Furies du Seizième s'était enrichi ? Nul ne le savait mais ce qui était certain c'est que ça ne sentait pas bon cette affaire. Les enquêteurs ne privilégiaient aucune piste sur aucun clan ni aucune secte. Et dans ce contexte de fin des temps personne ne pouvait avancer une théorie si ce n'est l'arrivée des grands signes incluait la guerre des clans et leur fin.

Sofiane croyait en l'apparition de l'imam caché et des grands signes. Mais quand il parlait de ce sujet tabou en croyance, avec ses amis ils lui retorquaient qu'il ne fallait pas parlait de ça, il ne fallait pas parler de l'heure. C'est à peine s'ils avouaient la présence des petits signes. Sofiane avait parlé de sa rencontre avec Mo de Toulouse à Marouan et Malik mais sans plus de détails. Il restait discret sur la croyance car tous savaient que les sectes veillaient à ce que cela ne fasse pas de bruit dans cette société ou chaque parole sur le sujet était lourde et encombrante pour chacun.

Les sectes des Barbichettes Rousses et des Boucs Blancs étaient propres, dignes et passaient un message de paix dans les rues en distribuant aux passants des calendriers. A part ces collectes chez les badauds, ils étaient très discrets mais redoutés de leur passé sombre. En effet ils avaient été infiltrés par les services et s'étaient rapprochés des Écureuils Assassins et des Black Renégats. Ces deux clans avaient commis des exactions, au nom de quoi ? Au nom de rien sinon l'intérêt de haut dignitaire du monde entier sauf de pays neutres bien sûr, si on peut l'être. Comment ne pas s'impliquer quand il y a autant de morts autant d'enjeux ? Mais ce passé douloureux, pour les victimes et familles de victimes, était révolu et la lumière du jour et la paix brandissaient désormais leur étendard.

L'énigme résolue

Marouan était l'ami de Sofiane même son frère en croyance mais aussi en quelques sortes son client. En effet il avait servi d'intermédiaire pour un Écureuil Assassin pour une commande au génie ; une IA pour créer des vidéos sur des personnalités. L'informaticien réussit à développer l'outil et lui avait livré, avec grande satisfaction client.

Or Personne n'avait réussi à percer le mystère de l'attaque de la tueuse du Seizième bloc. Alors Marouan proposa au membre du clan victime des assassinats, les Assassins assassinés, de donner l'enquête à Sofiane l'intellectuel.

Il connaissait les faits et demanda tout simplement si la tueuse avait un bandana de couleur. Le membre du clan avait répondu qu'elle avait un chouchou jaune toujours sur elle. Et la Sofiane avait compris.

Le libre-service

Damien avait laissé Sofiane en plan. Mais quelques mois après, il revenait à la charge avec de nouvelles exigences. Cette fois-ci il voulait carrément les programmes des serveurs et clients du tchat. La Sofiane s'y refusa ; enfin. Et comme à ses habitudes il se réfugia dans un mutisme exacerbant et frustrant. Le rideau était à nouveau tombé. Mais Sofiane, ne voulait être en reste. Il voulait réagir. Pour cela il décida de faire son enquête sur internet. Il chercha d'abord le nom de famille de Damien sur Google. Il le trouva. Puis il alla sur les réseaux professionnels pour voir son activité. Et là qu'est-ce qu'il y trouva ? Damien avait créé une société puis une deuxième. En fait il montait des boîtes, les revendait à ses collègues et pratiquait des montages financiers. Il était démasqué. Sofiane s'imaginait que le malotru avait récupéré ses business plans pour ses montages d'escroc. Une semaine après il apprenait que la secrétaire d'état obligea les membres du gouvernement à utiliser un tchat chiffré qui était quelconque pour Sofiane et bien moins intéressant selon les critères de rapidité et de sécurité nécessaires à une telle application. Or c'était un de ses projets, vendre son tchat aux Ministres. Il était sidéré. Damien récupérait les documents de l'informaticien et les vendait aux plus offrant dans son réseau. Mais que faire ?

Sofiane, ne l'avait dit à personne, mais il avait engagé un procès. En effet il avait économisé de l'argent de la vente de son appartement du Queen pour attaquer en justice un contrefacteur d'une de ses œuvres. La procédure était en cours depuis 3 ans et venait à son terme. La partie adverse se décida à négocier et à donner un reliquat assez conséquent au demandeur. Cette somme était suffisante et arrivait à point nommé pour mettre en pratique son plan.

Le modèle marketing du génie était de livrer les documents sans contrepartie immédiates a priori mais toujours en disant clairement que c'était contre rémunération, et d'attendre que les contrevenants utilisaient les innovations sans le dire à l'ingénieur, en toute confiance. La deuxième partie du plan consistait à prendre des avocats et à attaquer les fauteurs. "Venez, venez, servez-vous dans mon magasin en libre-service mais n'oubliez pas de passer à la caisse mes chers clients".

Cela a pris du temps mais par négociation, médiation ou par décision les parties étaient gagnées.

Son plan avait marché à merveille.

Le Gourou aux yeux jaunes

Tellement que Sofiane fut approché par un personnage étrange. Un homme avec une gabardine et un chapeau en feutre. Il lui dit :" tu as fait tes preuves. Tu as réussi. Ton aventure t'a amené jusqu'à moi, jusqu'à nous. Tu as prouvé que tu avais les épaules pour être le Gourou avec ton ami Mo."

L'homme comme un ange transporta Sofiane jusqu'à Mo, de l'autre côté de l'Atlantique et les 2 fusionnèrent en une seule créature, le Gourou aux yeux jaunes. On était rentré dans un nouvel univers pour un nouveau monde.

La première mission du Gourou était de créer la machine à remonter le temps, la deuxième de ressusciter les morts.

Le personnage fusionné remonta dans le temps juste à la création des clans et les infiltra.

Le combat final

Les Écureuils voulaient s'en prendre à la sœur de la serveuse tueuse et son chéri des Black fresh s'engagea à ses côtés pour la défendre. Et cela se finit par une proposition de s'affronter tous dans un règlement de compte entre clans.

Les clans se rendirent sur la place des devises.

Le gourou aux yeux jaunes était avec les membres de sectes sur les terrasses des plus hauts gratte-ciels pour voir la scène en plongé.

Sofiane était là aussi.

Certains écureuils avaient des vestes avec des reflets marrons. Des black fresh remontaient leur pantalon en ourlet laissant apparaître des chaussettes vertes et quelques chieuses de Upper West Side et des hystériques du Seizième portaient des chouchous jaunes, verts et marrons.

Les règles sont les suivantes, on commence par l'affrontement des champions puis les groupes se battent à mains nues et enfin c'est la guerre à l'arme blanche.

La bagarre a commencé. Les femmes d'abord. Getrude se jette sur un écureuil et lui assène un uppercut violant dans le buffet. Il se plie en deux. Elle lui rajoute un coup de coude sur la nuque et l'achève à coups de pied au sol. Un autre Assassin court vers elle et lui met un crochet et c'est là que Brice vient à sa rescousse et affronte le gars du clan adverse. Désormais ce n'est plus un tête-à-tête, c'est la bataille à plusieurs. Les plus entrainés envoient des coups de pieds et lancent des coups de poings. Brice prend les gars et de prises de judo les jette et les étale sur les voitures. A l'opposé, un membre des Ecureuils fait de même mais pour lui c'est du catch. Il voit ses adversaires s'écraser sur les murs et aux sols. Après quelques jetés il reste encore du beau monde pour le dernier round au couteau. C'est une véritable boucherie, lancés de couteau, des gens poignardés font le décor jusqu'à que tout s'arrête. Tout le monde et essoufflé et plié.

A ce moment précis, Sofiane voyait sa théorie vérifiée. La plupart de ceux qui restaient, étaient ce que le génie appelait les colorés ; ce qui avaient des vêtements jaunes, verts et marrons.

Le gourou jeta un regard du haut des tours à Sofiane qui avait compris.

Les clans étaient gangrénés par des renégats.

Les différents membres des infiltrés avaient des vêtements de couleurs qui allaient du jaune au marron en passant par le vert, toutes des teintes des yeux de leur maître. C'était leur signe de ralliement. Ce n'était pas la même couleur mais des nuances de l'iris de leur gourou aux yeux jaunes avec le soleil, marrons naturellement et verts quand il était énervé ou fatigué. Il était là le mystère, l'intrigue et le piège.

Tout le monde voulait arrêter la lutte sauf certains Ecureuils qui avaient perdu des membres de leur groupe et qui voulait se venger.

Le gourou descendit de l'immeuble par lévitation et souleva les corps. Il leur redonna vie et tous, cette fois ci, décidèrent de stopper l'affrontement.

C'était la fin des clans, c'était la fin des temps.

Bonus

Mais qui se cachait derrière les Q annones ? Qui avait l'ordinateur quantique qui prédisait le futur ? Le monde allait mal et le nouvel ordre mondial abusait dans ses prérogatives. Il fallait mettre un terme à tout ça et détruire le deep state.

Un président fut élu aux USA qui avait pour mission de rétablir l'ordre la justice, la paix et la décence. Q avait rempli sa mission et Le nouveau maitre du monde allait appliquer le plan.

Un candidat au poste du nouveau maitre du monde, M. Q était justement le roi des rois John III. Il était le roi légitime du Vatican, de la Palestine du Royaume-Unis, autrement dit le dirigeant de plus de la moitié du monde, cachets royaux faisant foi. Mais ce n'était pas lui. Q était le Gourou aux yeux jaunes.

La boucle intemporelle

Le Gourou avait rempli sa mission : rendre le monde plus juste et plus cohérent. Il pouvait se reposer. Il était accoudé au comptoir du bar. A sa gauche, serrée contre lui, la serveuse tueuse. C'était lui qui avait commandité l'assassinat des Écureuils Assassins. Elle aimait les filles mais faisait une exception pour lui, ne pouvant pas résister à son regard pénétrant. Elle était presque sur ses cuisses et en tournant le tabouret il enfonçait son genou dans l'entre jambes de la miss. Elle aimait ça et en redemandait. C'était un moment sensuel qui laissait présager une étreinte amoureuse chaude et humide comme les tropiques.

Mais que se passe-t-il ? Le Gourou se désagrège. Il regarde ses mains, elles commencent à disparaître. Il se retourne et son dos part en petits pixels. Les cubes volent sur leurs têtes et il se demande ce qu'il se passe. La serveuse le prend par la main et court, sort du bar et ils se dirigent vers la tour d'en face. Ils rentrent dans le Hall, prennent l'ascenseur et montent au dernier étage, à son appartement. Ils y rentrent et vont dans la pièce du fond. Là était entreposée la machine à remonter le temps et juste à côté un lit simple couvert d'un immense drap. Elle le fit rentrer dans la machine et ferma la porte rapidement. Et l'homme voyagea dans le temps. Il se retrouva 40 ans en arrière dans l'arrière-boutique d'une quincaillerie au fin fond du désert. Il ne se rappelait plus de rien sauf qu'il était un quincailler, le quincailler du Sahara. Il vendit le ballon au petit Sofiane et l'histoire se poursuivit comme à la normale. Le petit Sofiane se perdit dans le désert, grandit se retrouva informaticien à New York, partagea ses aventures et ses histoires dans l'ambiance des clans et fusionna avec Mo pour redevenir le Gourou aux yeux jaunes et la boucle temporelle se répéta, se répéta à l'infini.

Or qui était l'homme à la Gabardine et au chapeau feutré ?

Les habitants de la Palestine

Aussi loin que l'on puisse remonter dans l'histoire de Sofiane et de ses amis, il eut une discussion importante entre eux.

« - Vous savez que les habitants de la Palestine ne sont pas des hébreux ?

- Ah bon ?

- Oui Moïse n'a pas réussi à atteindre la terre promise. Il l'a observé de loin, d'une colline et son peuple s'était perdu dans le désert du Sinaï pendant 40 ans.

- Tu veux dire qu'ils n'y sont jamais rentrés ?

- Ça je ne serais te dire. La version de la bible dit que c'est Joshua qui a amené les hébreux à Jérusalem. Mais rien dans le Coran. Je ne sais pas s'ils y sont parvenus mais ce qui est sûr c'est qu'ils ne s'y sont pas installés longuement.

- Et le Royaume de Juda et d'Israël ?

- Un docteur chrétien a effectué des recherches et il a trouvé qu'ils n'y avaient aucune preuve et aucune trace de ces Royaumes.

-...

- En fait Dans le Coran ils disent que Jésus et Moïse sont de 2 peuples différents. Le Christ était un Palestinien donc il n'était pas hébreu et en général les habitants de cette région du monde, du proche orient sont palestiniens et non hébreux. Un Palestinien musulman ou du moins croyant.

- Et il va revenir sur terre, s'il n'est pas mort et qu'il a fait l'ascension au premier ciel ?

- Il est déjà parmi nous. Mais très peu de gens le savent, très peu de gens le reconnaîtront. »

La Machine à remonter le temps

Mais Comment a été conçu la machine à remonter le temps ? Tout simplement la partie électronique se composait d'un FPGA de FPGA. Le circuit sous-jacent permettait d'optimiser le routage et la conception minutieuse du système complexe. Le composant père était le fruit d'un travail des étudiants de l'Epita, la meilleure école d'ingénieurs du monde. Il suffisait juste de connecter l'appareil à un simple ordinateur de 128 GO de RAM, équipé de Windows XP. Les Réseaux de neurones Transformers effectuaient tous les calculs de relativité, de transformation de matière en lumière, propice au voyage dans le temps. Le principe consistait à voyager dans l'espace à une vitesse supérieure à la célérité de la lumière et de revenir sur terre dans le passé par conséquent. Le tout était coffré dans un immense boîtier créé avec une imprimante 3D. C'était la fameuse et très attendue machine à voyager dans le passé. Effectivement le retour en arrière était possible mais pas voyager dans le futur. De ce fait il était aussi permis de voyager loin dans l'espace, pour atteindre des exoplanètes. Qu'en était-il du concept de ressusciter les morts ? Les documents n'étaient pas encore déclassifiés.

La mort du Gourou

La scène du bar entre le Gourou et la jeune tueuse se répéta une énième fois. Il lui demanda d'un ton décidé : « Tue-moi." Elle était surprise et ne comprenais pas. Il répéta : « Tue-moi, c'est la chose que tu sais faire le mieux, tuer". Elle lui répondit : "Et l'amour ?

- Ne cherche pas, il faut que tu le fasses. J'en ai marre de cette boucle temporelle. Je veux en finir.

- Et nous deux ?

- Ne t'inquiète pas, on se retrouvera.

- Ah bon, et comment ?

- Si je te le dis, fais-moi confiance, ma chérie. S'il te plaît fais ce que je te dis c'est très important.

- Tu es certain ?

- Pour la dernière fois vas-y.

Elle finit par s'exécuter et prit son couteau retourna le tabouret roulant avec lui dessus et elle l'égorgea. Il mit une minute pour se vider de son sang. Le Gourou aux yeux jaunes était mort.

L'influence du Gourou dans le monde

Mais comment le Gourou aux yeux jaunes avait-il pu placer Mac Trompé à la tête des USA et du monde ? Tout simplement par les réseaux sociaux.

Mr. Test acheta, des années en arrière le réseau social Saucy Network à une valeur très haute de 40 milliards de dollars. Les spécialistes s'interrogeaient sur cette somme astronomique et cette offre semblait être trop élevée. Peu importe Mr Test en devenait le propriétaire exclusif.

Sofiane avait été sur ce réseau, mais ne trouvant pas d'intérêt l'avait quitté pour y revenir à cette période. Car il voulait suivre Mr Test, pensant qu'il lui avait dérobé son brevet pour son avion hypersonique. Il commentait ses posts vigoureusement sans le lâcher. Et bizarrement il était suivi sut le réseau par des Mr Test sans la pastille bleue mais avec des marques qui laissaient penser que c'était l'entrepreneur milliardaire qui le suivait en personne.

Quand Sofiane devint le Gourou il reprit son compte. Mr. Test demanda officiellement a ses abonnés est ce qu'il devait s'investir dans la campagne de Mr. Trompé et là Le Gourou saisit l'occasion. Il pensait qu'en écrivant une réponse pertinente il possédait des chances de l'atteindre. Son message pris en compte ou pa, le milliardaire finança le candidat de droite.

Le Gourou exerçait aussi une influence cachée sur le dirigeant Russe. Il lui fit comprendre qu'il était préférable de jouer sa carte politique avec son Roi de pique Mr. Trompé.

Il distribua son jeu aux dirigeants du monde entier, que cela soit en Grande Andalousie ou en Europe, et aux personnes clé pour mettre au pouvoir l'homme qui allait incarner la justice, la paix et la décence.

La renaissance

Priscillia, la tueuse, pleurait à chaudes larmes et déplorait la perte de son amoureux. Pourquoi tant de haine alors que s'en valait pas la peine ? Pourquoi tant de souffrances alors qu'on avait cette chance ? Pourquoi tant de supplices alors que la vie aurait pu être un délice. Elle était triste et le montrait à la nuit qu'elle prenait comme témoin de son malheur. Elle le cachait aux autres mais son cœur était confié de tristesse. Elle pensait aux pires choses lorsqu'elle heurta un homme avec un long manteau au coin de la rue. " Ne pleure pas, sèche tes larmes et allons à son appartement ". Elle était perdue mais comme hypnotisée elle se laissa prendre par l'épaule et tourna sur elle-même et accompagna l'homme jusqu'à la tour où habitait le Gourou. Ils rentrèrent dans le logement allèrent dans la chambre jusqu'au lit couvert d'un drap. Il était là, allongé, blanc de mort. L'homme mystérieux appuya sur un bouton et une lampe s'alluma et le corps repris vie. Priscillia ne comprenait plus rien. Il y avait moins d'une minute elle le pleurait et là il était à nouveau vivant." Tu vois, je te l'avais dit qu'on allait se retrouver ". Le lit était un MedBed qui ressuscitait les défunts. L'homme fin partit et laissa derrière lui les 2 amoureux dans leur retrouvaille. Non seulement Le Gourou aux yeux jaunes avait rompu le cycle temporel avec sa mort mais il avait aussi retrouvé la vie, pour de nouvelles aventures…